Voor Emily, Eleanor & Freya
M. C.

Voor William, met liefs, Rosi x
R. B.

First published in the Netherlands in 2007 by Mercis Publishing bv, Amsterdam
Dutch translation by Lieke van Duin © copyright Mercis Publishing bv, 2007
First published in 2006 in Great Britain by Gullane Children's Books
Text © Michael Catchpool, 2006
Illustrations © Rosalind Beardshaw, 2006
Original title: You won't shift a Hippo
Printed and bound in China

Een nijlpaard krijg je niet zomaar opzij!

Michael Catchpool en Rosalind Beardshaw

vertaald door Lieke van Duin

Mercis Publishing - Allasso

Het was snikheet. De zon scheen op
een kronkelende rivier…
een wiebelige brug…
en een erg slaperig nijlpaard.

Het nijlpaard was enorm groot,
het nijlpaard was enorm zwaar…

en het nijlpaard lag
enorm in de weg.

'Dit is een ramp!', zei de leeuw. 'Mijn lievelingsplekje is aan de overkant in de schaduw, maar ik kan er niet komen omdat dat nijlpaard op de brug ligt. Hij moet weg!'

'Vergeet het maar', krijste een papegaai met groene en blauwe veren die vanuit een boom zat toe te kijken. 'Een nijlpaard krijg je niet zomaar opzij als hij daar geen zin in heeft!'

'Wat een onzin!', zei de leeuw.
'Voor mij moet hij wel opzij gaan.
Vergeet niet dat ik de koning van het oerwoud ben.
Ik zal hem **BEVELEN** van de brug af te gaan.'
En hij stapte op het slaperige nijlpaard af.

'WRRAAUUUW!'

'GA OPZIJ! DIT IS EEN BEVEL!'

Maar het nijlpaard ging geen millimeter opzij.
'Weet je wel wie ik ben?' brulde de leeuw en
schudde zijn indrukwekkende manen.

'**EN NU WEGWEZEN!**'

Maar het slaperige nijlpaard bleef lekker liggen snurken.
'Zie je wel', krijste de papegaai.
'Ik zei het toch!'

'Wat is hier in vredesnaam aan de hand?' vroeg de aap
met een lange staart die uit een boom naar beneden klauterde.
'Aan de overkant barst het van de rijpe, sappige vruchten,
maar ik kan er niet bij door dat nijlpaard. Hij moet weg!'

'Dat wil hij niet! We hebben hem **BEVOLEN**
opzij te gaan... maar hij vertikt het!'

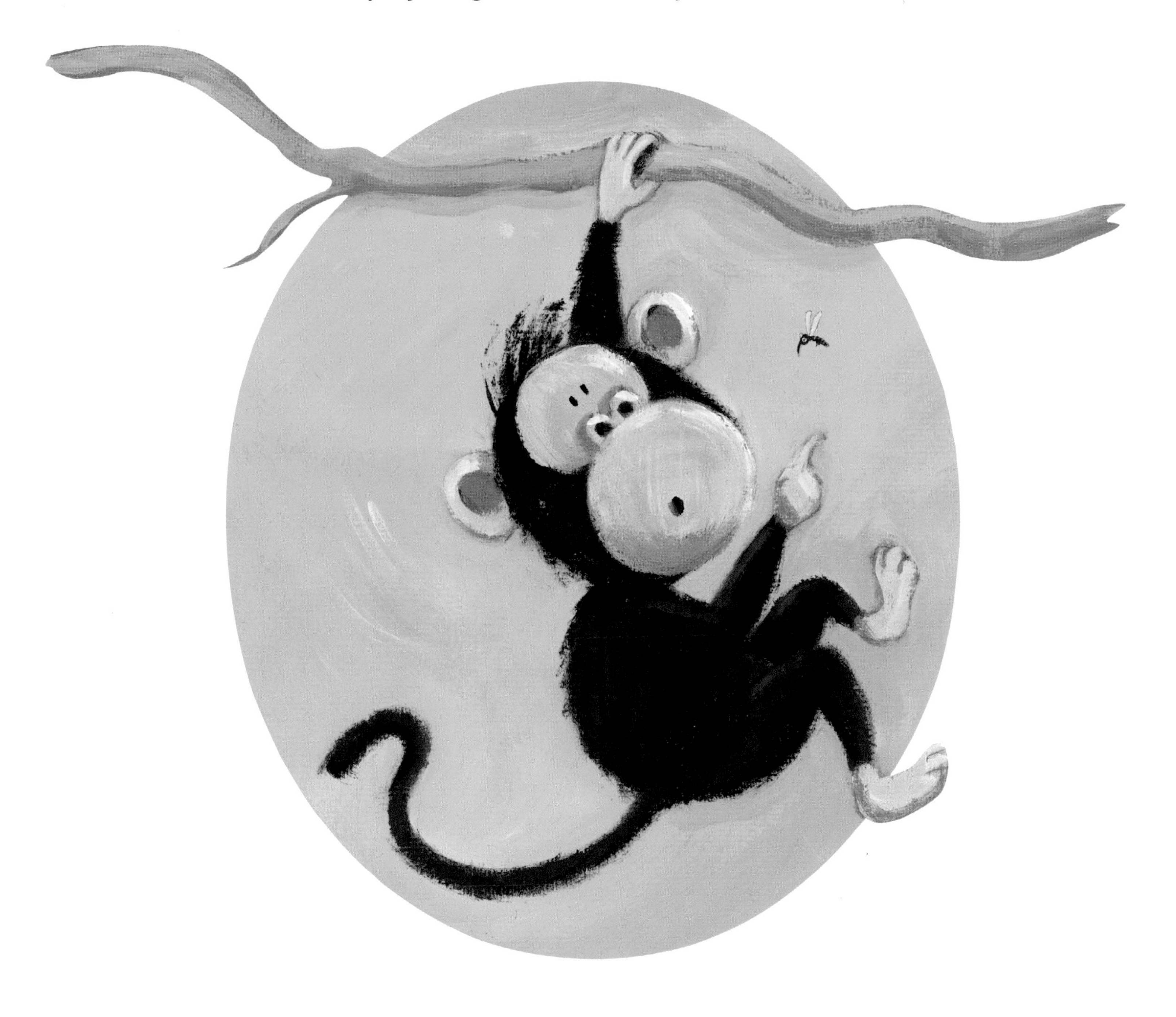

'Dan duwen we hem van de brug af',
zei de aap. 'Kom mee.'

‘Vergeet het maar’,
krijste de papegaai.
‘Een nijlpaard krijg je niet
zomaar opzij
als hij daar geen zin in heeft!’

‘Kletskoek!’ zei de aap.
‘Let maar eens op!’
En samen stapten ze op het
slaperige nijlpaard af.

'Eén, twee, drie, duwen!'
Maar het nijlpaard gaf geen krimp.
'Harder duwen!' brulde de leeuw.
'Jij hebt makkelijk praten', hijgde de aap.
'Ik moet het zwaarste werk doen.'

Maar het slaperige nijlpaard snurkte gewoon door.
'Zie je wel', krijste de papegaai. 'Ik zei het toch!'

‘Wat een toestand!’ zei het wrattenzwijn dat aan kwam sjokken en het nijlpaard op de brug zag liggen. ‘De beste modder om in te rollen is aan de overkant, maar ik kan er niet komen door dat nijlpaard. Hij moet weg!’

‘Hij wil niet! We hebben hem bevolen opzij te gaan, we hebben zelfs geprobeerd hem opzij te duwen... maar hij wil niet weg!’

‘Dan moeten we iets anders proberen’, zei het wrattenzwijn. ‘We laten hem van de brug afstuiteren.’

'Vergeet het maar', krijste de papegaai. 'Een nijlpaard krijg je niet zomaar…'
'En jij helpt ook mee', snauwde de leeuw terwijl hij de snavel van de papegaai dichthield. Met z'n allen liepen ze naar de brug.

'Klaar voor de start… spring!'

Ze sprongen omhoog en…

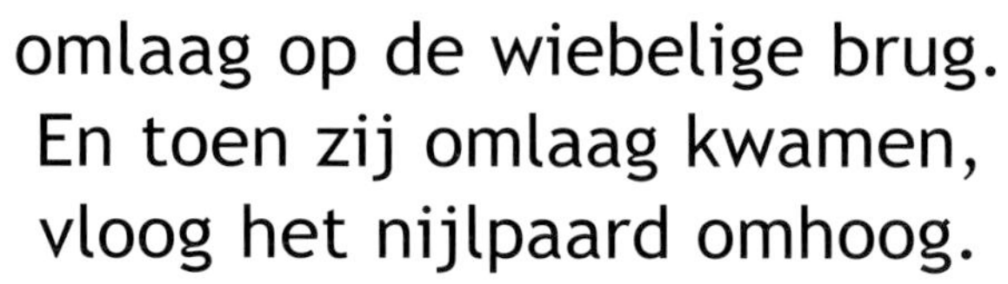

omlaag op de wiebelige brug.
En toen zij omlaag kwamen,
vloog het nijlpaard omhoog.

'Hoera!'

Maar terwijl het nijlpaard terug
stuiterde
vlogen de anderen...

omhoog... en hoger... en nog hoger

en toen

omlaag…

en lager… en nog lager

Plons!
in de rivier!
'Nou, wat zei ik je?'
krijste de papegaai terwijl
hij zichzelf uit het water
omhoog hees.
'Ach, hou toch je snavel!'

‘Neemt u mij niet kwalijk’, piepte een muisje terwijl het
op hen af trippelde. ‘Mag ik vragen wat het probleem is?’
‘Wij willen die brug over, maar dat nijlpaard wil niet weg!
We hebben hem al bevolen opzij te gaan,
we hebben geprobeerd hem weg te duwen,
we hebben zelfs geprobeerd hem eraf te laten stuiteren…
maar het haalde allemaal niks uit!’
‘Zal ik het eens proberen’, vroeg het muisje
en trippelde op het slaperige nijlpaard af.

Hij snuffelde met zijn neusje,
streek zijn snorharen glad en
fluisterde het nijlpaard iets in zijn oor.

En met een enorme geeuw
rekte het nijlpaard zich uit
en kwam overeind. Samen met
het muisje wandelde hij de brug af.
'Wauw!' krijste de papegaai terwijl
ze met z'n allen het enorme nijlpaard en
het kleine muisje nastaarden.
'Wat zou die muis toch gezegd hebben?'

Het muisje draaide zich om
en lachte.
'Alsjeblieft!'